もう振り向くな

櫻井八重子 歌集

Yaeko Sakurai

もう振り向くな＊目　次

I

櫻井八重子歌集

もう振り向くな

I

寒の戻り

川岸に雪洞並びて待つさくら暗き流れに灯影を映し

晴れの日はイサザを買ひに祖母ゆきしさくら煙れる川岸の道

花びらを車体にびつしり貼り付けて夕靄のなかを娘は戻り来

何時《なんどき》を夜明けと決めて鳴く鳥に問ひかけてみむ春眠の中

山里に寒の戻りの雪降りておませな土筆も首を竦めぬ

産み育て夢中に過ぎしわが日々に煌めきのかけら探す春の日

梅・桜と花咲きつぎて弥生卯月　置いてきぼりの空蝉一つ

髪型を変へてみたれど何事も変はらず変へれず五十路の女

今年は二度も

本州では最南端の自生地とふ水芭蕉をたづね大屋高原へ

自生する水芭蕉とて柵のうちに望遠鏡の設置されゐて

高原といふには高き峠きて山桜に遇ふ五月の初め

信濃路に一月遅れの鯉幟と花水木見ゆ今年は二度も

手探りに〈戒壇巡り〉す極楽の錠前触るれど行く末不安に

外股

背を撫づる風冷たきに早苗挿す指先に知る田の温かさ

手植ゑする子の足跡は外股に苗の間にくつきり付きて

友達と大型店舗に待ち合はす中一の子の〈らぽーる〉デビュー

夕暮れに採りゐし西瓜を切りたれば炎暑の熱気わつと広ごる

切られたる西瓜は真つ赤な大口あけ冷蔵庫内を占拠してをり

規格外

規格外の菊は人様にやれぬとふ花農家なる若き跡継ぎ

田に遊び心ゆくまで稲食むを想像させる猪の仕業よ

稲刈りを雨の止み間に急かされればコンバインさへ悲鳴をあげぬ

柿の木に鋭き爪痕糞残す荒仕事師あり一夜のうちに

熊よけの鈴の音かすかに聞こえきて下校の子らのランドセル揺る

遠足の吾子の土産は団栗と零余子と椎の実リュックゆ零る

紫蘇の葉を揉めば紫の凝縮し手にすつぽりと手間も包まる

装ひは季節先取りがお洒落とふ初秋に黄葉を活けるは風流

奈良の宿に韓国産の松茸は主賓顔して登場したり

餅つき

年末まで杵音たてゐしお餅屋は今月吉日店をたたみぬ

老夫婦は赤飯配りて近隣に閉店告げぬ霜月吉日

杵音の違ひに自信匂はせて女系家族に父権復権

餅米かいや蒸し方か搗き方か上出来の餅に会話はづみぬ

冬の景色

夜の更けて雪を纏ひし街路樹はライトに浮かび孤独の主役

舞ふ雪を雪見障子に追ふは良く毎日降れば肩に重たし

白と黒と二色の絵具で充分なり舞鶴湾の冬の景色は

東京では雪による怪我多しとふペンギン歩きを教へてあげたや

雪道をスニーカーはき自転車で登校するは母校のスタイル

年頭の決意脆くも崩れたり非難せぬこと愚痴言はぬこと

水底の鯉も動かぬ庭池は白の山茶花浮ばせてをり

正月に活け余したる楚《すはえ》にも花の開きて弥生の香りす

並べたる雛人形に向き合ひて過ぎ来し一年を報告しをり

小京都

小春日の山間《やまあひ》ぬけゆき目の前に銀屛風なす奥越山脈

踏み固めし雪道一本続きゐる大野城址に向かふ坂道

御清水の湧き水含めば温かく癖のなき味喉《のみど》を潤す

碁盤の目の通りしたしき小京都に老舗の続く七間通り

町挙げて客を迎ふる佇まひに無料駐車場も要所にありて

叔父の決断

七十歳《ななじふ》越えゴルフにパソコンこなす叔父を独居老人と人は呼ばふが

亡き妻に相談してから決めるとて手術の勧めに叔父は応へず

その手術しばし待たれよ庭にくる目白の番に遺言書くまで

叔父の身に癌と齢の密やかな競争すでに始まりてをり

テレビに知るドナーカードを作らむと術後三日目の叔父は告げをり

更年期

講義ではさらりと話しし更年期の吾に迫れば構へて迎ふ

人生の人並みなるを喜ぶべし更年期もまたその一過程

更年期と悟りし日より一杯の牛乳飲むを習慣とせり

もう一人子供を産んでとせがむ児に応へやうもなき更年期迎ふ

役割を充分果たしし卵巣に功労賞を授けてやりたし

これといふ願ひごとなく短冊に思案する吾は現状維持派

講習会

健康と職持ちて知る幸せは眠りの前のほんのひと時

守備範囲の狭くなれるを知りつつもそれに甘ゆる吾のありたり

五十歳はまだ雛《ひよっこ》か助産婦の講習会に老人力満つ

引き際を考ふるよりも続けよと老助産婦に背中を押さる

雨の中を天皇陛下のお迎へに一張羅着て老い母の行く

見かけた人追つかけた人待つた人と天皇陛下の舞鶴行幸

同じ血が

選ばれし吾子の日記は学校で遊べる友の名いつぱい並びぬ

同じ血が流れてゐるに子の心は手を重ぬれど伝はりてこぬ

どうしてと吾子の寝息に問うてみむ青きトマトの匂ひする部屋

勝敗を手加減しつつ吾子とする〈神経衰弱〉時雨るる午後は

稲作の成果は四か月《よつき》で結果でるに子の成長は行く末見えず

真夜中のモデルハウスに灯ともりこれも一つの擬似家庭かも

録音の吾の言葉を流すやうに娘三人父を操縦す

娘たちよ親の創りし肉なりて耳に孔などあけてくれるな

煎餅は歯に頼らずに手で割れと娘の忠告おほきな御世話

どなた様

行く末を案ずるよりも娘らの夢に相乗り　御邪魔でせうか

娘の名を親しげに呼ぶ電話ありて対応する夫は姓名名のれと

ケーキ持ち帰宅の娘に夜遅きを咎める言葉の矛先鈍る

ただ黙し切り出す話を待つてをりテレビを見てゐるふりをしながら

誕生日に歳の数なるバラ抱へ娘は戻り来　どなた様から

指先

休日は荒れたる指へご褒美にクリームマニュキュア塗つてやりませう

ピンクなるマニュキュア塗りて手をかざす指先にのみ一時《いつとき》のゆめ

野良仕事をさせず育てし娘なれ節なき指の恥かし嬉し

掃除機

惚けても野良着に替へて草刈りをしたるつもりの義母は忙し

惚けても来訪者には極上の笑顔で迎ふる義母の不可思議

惚け始め息子命の義母なれば蚊帳の外にて独り寝の我

介護するか仕事をとるかを天秤にかけられず今朝も夫は出勤す

連れ合ひの逝きて時計の止まりしか義母は何年経ちても八十歳《はちじふ》

二十年間母と妻との愚痴ばかり吸ひこみ夫は肥満となりぬ

呟けるきつき言葉を掃除機に吸ひとらせつつ居間を掃除す

積りたる愚痴吸ひをれば掃除機の塵のパックは満杯ならむ

片田舎

京フィルの『トロイメライ』の生演奏《えんそう》は校舎を溢れ里へと流る

京フィルの生演奏に児童らは口ずさみゐる『われは海の子』

事故死せし小熊にパトカー出動し通勤の足をしばし止めらる

片田舎に流言飛語の飛び交ひて殺人事件は未解決のままに

ペット屋に金魚と並び売られゐるメダカのお値段十匹百円

ペットショップ屋にメダカ数匹求めたる茶髪の青年バイクで去りぬ

用水池に放ちし金魚の増えゆきて放水したらば赤く飛ぶらむ

花　束

花束と男の生徒《こ》からのラブレターを持ちて戻りぬ退職の夫

職退けど三十年の習慣は夫から抜けず目覚しの鳴る

計画《スケジュール》をすぐ立てたがる夫の癖は職を退きても消ゆることなし

花束に囲まれ夫の四月去り泥田に入りて五月始まる

波立てる舞鶴湾に舟浮べ無心を装ふ異動の春は

ワーゲン

扱ひの難しき夫とワーゲンの引退近し祝つてやらむか

ワーゲンは綺麗に磨かれ冬用のタイヤを土産に嫁に行くなり

貰ひ手は二十歳半ばの優男扱ひにくき車をよろしく

三十年乗りたる車は菓子折りと札一枚で人手に渡りぬ

ワーゲンはテールランプを点滅させ村のはづれを曲りて行きぬ

父を看取りて

すぐに欲しき介護休暇は許可までに一週間とふ命は待てぬ

呼吸器に命任せる父看取り微睡《まどろみ》切れぎれ夢も切れぎれ

意識無き父の両手の上がりゐて縋れる綱を求めてゐるや

呼びかけに眼を開け吾に極上の笑み返しくる烈しかりし父

こんなにも間近に見ゆる父ありて今やすやすと顔を拭きやる

無意識にカニューレに触るる父の手を打ち払ひては夜の明けを待つ

義父の時も聞きし豆腐屋の喇叭の音父の病窓に今また届く

お互ひに精根尽きて別るるとふ父を看とりて三ヶ月の過ぐ

親族に温度差あるを含みつつ今夜も父の病床に添ふ

蛙から蟬蟋蟀と鳴き移り臥したる父は小康保つ

混濁の意識の父に生くる術の選択任すは不本意なりしが

父親の病状さへも冷静に受け止めてゐむ職業の性

秋海棠散る

一夜かけ病室の窓を渡りたる火星のその先見届けざりし

吾がとりし介護休暇を使ひ切り逝きたる父を娘孝行とや

遺影なる父見つめれど思ひ出は形をなさず　茫として坐す

五ヶ月を死に怯えつつ逝きし父秋海棠の花散る頃に

死ぬことは戻らぬことと児童《こども》らに知らしめむかな秋海棠散る

弔問の人も減りたる玄関にカサブランカの一花匂へり

幼き日の空覚えなるお経なり今父のため南無妙法蓮華経

父呼べば返事のなくて庭池の真鯉ぱくりと音をたてたり

中指

ふとしたる腱断裂に利き手なる中指に絶対安静の指示

金槌にペンチ針金揃へられ腱断裂の手術はじまる

指先より鋼線入りて中指はフランクフルトの串刺しに似て

字の書けぬ右手に代りパソコンのお世話にならむ機械音痴が

母の手は無きものと思へ末の子は不器用な手で柿を剝きをり

ビミョウ

一人では寂しき少女も群れなせば攻撃開始す思春期といふは

文集に「流されない」と書きし子に若き日の吾の重なりてみゆ

号砲に弾けて走る生徒らよ心に巣くふ虫を吐きだせ

中一の吾子に試験の出来問へばビミョウと答へ自室に入りぬ

中一の吾子の苦手は相聞歌覚ゆることの「よわりもぞする」

伊豆急

二人旅に夫との目的違へども定められたるルートに乗りぬ

咲き初むる紫陽花かき分け伊豆急の〈踊り子号〉は下田へ向かふ

伊豆急の車窓に広ごる相模灘見極められぬ空との境

ロビーには日の出時刻の表示あり五時四十分に明日は起きよう

海原に敷かれし金のロードあり辿りて行けば空へと通ず

春うらら薄羽根つけし若者は海原舞台に身を翻す

駅頭にリムジン出迎へ乗り込める夫と吾とは何様なるや

今は昔新婚旅行のメッカなりし伊豆のいで湯に客われ一人

団塊世代

「ちやん」づけに名前呼び合ひ学生に戻りたりしが鏡は笑ふ

二十歳には禁煙したと笑はす友五十路を過ぎてもニコチンに染む

青春をデモに過ごしし君なるや歳を蓄へ好々爺となり

隠し持つ病リストラに触れずして湖畔の宿にクラス会果つ

もう振り向くな

退職は自ら決むるものなれと密かに思ふ定年近し

もういいと肩叩きゐる吾のゐて今年限りで職退かむ

退職の願ひを出しての帰り道軽やかにして　もう振り向くな

花筏に身を任せゐて下りたし何れは海に辿り着くらむ

ストレスの溜りし時が引き際と人に説きしが我にも来たりぬ

退職迄あと一ヶ月と萎えさうな気力騙して「行つて来ます」と

今朝もまた仕事モードに切り替へて車の中に〈アルフィー〉を聞く

一介のをばさんとなるその前に告げておきたや職への拘り

親となる若き等前に講演す一助産師の置きみやげとして

退職後は

仕事辞め何をするのと問ふ人あり普通の主婦に戻るだけよと
スーパーのちらしの安売りあてにしてママチャリで駆くる主婦になります

使ひかけの古き家計簿取り出して主婦の真似ごとやつてみようか

ひと鉢のイサザ出されて〈をどり食ひ〉送別会の席を賑はす

万歳と叫びたき口押さへつつ神妙に聞く送別の言葉

若きらは思ひで語り涙せり我の忘れし事の数々

退職と同時にぎつくり腰となり余生といふは灰色ならむ

退職後の仕事始めは片付けと二日過ぎしが気力萎えたり

退職の餞別の花に囲まれてフワフワと過ぐ一週間は
この次に花に囲まれる日はいつやそは葬礼の時やもしれず

キッチン

カーブごとに路肩に魚鱗の光りゐてトラックからの落とし物らし

釣られたる甘鯛の目の潤みたり深海の夢と云ふべき色の

切り売りの西瓜に糖度表示あり亡き父ならば十二度以上

新ジャガに居場所なくししひねジャガのコロッケ十個にコロリ変身

「チンチンチンまたも手抜きのお弁当」子に囃される朝のキッチン

鼻歌におかず詰めゐる吾子のいふ八品目が目標なりと

末の子の違反制服目の端に目に角立てぬ親となりゐし

厭なこと聞かざる耳を持ちてより吾子に年寄り扱ひさるる

盗人と伯母

熱帯夜に小窓一つを開けおけば盗人入りしと伯母の証言

年金をねらひし盗人に仏前で「自分で稼げ」と伯母は説きしと

交替に娘や姉妹の泊まり来て独居の伯母の夜を慰む

次つぎに葉を食ひ散らす飛蝗にも負けじと朝顔蔓を伸ばせり

水を欲る畑の野菜を見下ろして炎熱吸ひ込み向日葵たてり

夏休みの登校日もなく原爆忌は教育の場から抹殺されゆく

秋の言づて

尺八の『鹿の遠音』に会場は一足早く秋の来にけり

玄関の壺一杯に秋桜を挿して待ちをり秋の言づて

誰の手のなしたる技かキャベツの葉はレース模様に仕上がりてをり

見守れる一年越しのポインセチアは秋を過ぎても緑鮮やか

迎春準備

師走に来し気紛れ台風暴れをり南天の実は落とすでないぞ

気紛れな台風夜通し戸を叩きぬ何処からなりと入っておいで

青虫にも迎春準備のあるならむキャベツ一つを残してやりぬ

小豆煮詰め何度も味見をしてをりぬもつと甘くと亡き父の声

II

歌留多

仏前に吾子の通知簿供へれば祖父の講評聞こえてきたり

お正月に中二の吾子と歌留多取り締めはいつもの坊さんめくり

雪の夜は遠くくぐもる汽笛聞き眠れぬ幼き頃の思ほゆ

雪解けの雨音聞きてまどろめり騙さるるなよ未だ大寒

水中に潜りし鳥は波紋のみ水面に残し姿の見えず

喪中にてと紋切り型の葉書出せば月をずらせて友の便り来

楔

棟上げの槌音胸に響きゐてこの家の楔になれと打たるる

いつ頃に完成するかとむら雀は家の普請をチュンチュクチュンと

新築の一番風呂は夫に決む脳卒中の危険度《リスク》高きに

屋根裏の物置部屋指し夫の云ふお仕置き部屋に誰入れませうか

宣伝のオール電化に手繰られて夜型人間の一人となりぬ

頭も手もまだ確かですお節介な自動センサーの水洗トイレは

花の声

花の声木《ぼく》の思ひを汲みとりて華を活けよと母の口癖

若き日は仰ぎて歌を詠みゐしが何時からならむ野花を詠むは

芍薬の花開ききり間抜け顔あな恥かしや早々に散れ

全開の牡丹バッサと落ちぬまにお恐れながら介錯いたさう

感情の表現直なるガーベラは水をもらひて花首もたぐ

沖縄へ

父曰く「鉄が空飛ぶわけがない」諾ひながらも飛行機に乗りぬ

ハイビスカス・ドラゴンフルーツ沖縄の赤に合はせてドレスを買ひぬ

ミミガーにアシテビチーにと沖縄の下手物尽しに夏の胃喜ぶ

本土とは同化しがたき異文化を守りてゐるらむシーサーの像

囲みゐる鉄条網の内側に米軍基地のあやしく光れり

薄暗き平和祈念館を巡る人だれも声なく出口で吐息

同姓の並び刻める石碑《いしじ》群は幾重にも連なり摩文仁の丘に

幾万の名前刻める石碑《いしじ》群は美ら《ちゅ》海を背に黒き楯なす

〈クールビズ〉話題となりしが沖縄ではホテルマン等もアロハの制服

美ら《ちゆ》海に遊べる背中に張り付きし歴史の影の熱く重たく

白雲に乗りて沖縄へ黒雲に追はれるやうに本土に戻りぬ

向日葵に留守番四日頼みしが首うなだれて悄然と立つ

西瓜に枕

真夜中にコトリと音して振り向きぬのつぺらぼうの冷蔵庫迫る

吾子のやうな絶壁頭にせぬやうに西瓜十個に枕してやる

紫陽花に女性の呼称つけてあり我の名前は園内になし

支へられカサブランカの茎たてり蟻登らせてどこまで伸びるや

五つもの蕾をもちてまだ伸びるカサブランカよ骨折するな

ご機嫌任せ

柄に残る指跡に合はせ握る鎌の軽き切れあぢ手に確かむる

曇天に藁焼く煙のたれ込めて山峡の里は燻蒸されむか

玄米は搗かれ選られて世の中へ受験の子らの行く末重ね

紫蘇の実をしごく指先は灰汁に染み香りは秋の風にのりゆく

風吹けば天から賜物下さるさうなもうぢきですね公孫樹の神様

鎌で割りて西瓜両手にかじりつく野良のいつぷく幼児《をさなご》のやうに

コンバインのご機嫌任せの稲刈りはなだめながらも何とか終へぬ

村里の頭上に鴉背後には熊の視線を受けつつ柿もぐ

嵐去り尾花の波に透けて見ゆ秋桜畑の淡き紅色

しがらみ

辻つじをわざと曲りて帰り来む雪の降る日は幼に戻り

皇室にも献上されしとふ受け売りを濁酒《どぶろく》に付け夫の土産に

回想をしだすと人は危ないとぞ母は覚えの良きだけならむ

腕時計をはづして二年の身に慣れゐし主婦の生活リズム違はず

明け方に逃げる追はれる夢ばかりしがらみもなき主婦生活に

熟達者《ベテラン》とふ呼び名に甘え肥りたる身と悟りしは職退きて後

失くしたる取り札一枚布団の下に少女のおはこ「ひとしれずこそ…」

仏の耳

少女らは小顔小耳に憧るる耳だけなれば吾も合格

右から見る阿弥陀如来もなほよろし貧しき愛を我が耳に知る

鎮座せし仏の耳の豊かなり世俗の呟き聴きとり賜へり

人力車で南禅寺まで約十分貴婦人気分は三千円なり

『モルダウ』

中三の吾子の弾きゐる『モルダウ』の流れは激し水澄むを待つ

担任を囲みて歌ふ『モルダウ』は玻璃戸を揺らし子は卒業す

『モルダウ』の曲に浸かりて六ヶ月伴奏終へし子と目の合ひぬ

泣かぬ女

耕耘機の後ろに乗りて肥料まく花咲かせねど稲稔らせむ

これからは自給自足でと云ひながらオール電化に身を任せをり

貯金の解約理由に〈生活苦〉と記してやうやく現金下りぬ

台所に女三人姦しや「こちらは温いぞ」居間に夫呼ぶ

腹につく贅肉分だけ肝据わり泣かぬ女になりてゐしかな

吾が胸の摑むに足らぬを挟みゐて腫瘍見つくやマンモグラフィ

天災に地盤の弛み気の弛み人間の傲りを暴かれをりぬ

電子辞書

小学校で辞書のひき方を教へられ高校生には電子辞書持てと

単語帳《まめたん》の覚えしページを食べしとふ電子辞書では消化不良か

早弁の覚えありしが置き勉は高校生の吾子に知りたり

ご馳走

美容院で「昨日はご馳走でしたね」と夕餉のすき焼き知られてをりぬ

まるた屋のチーズ・ケーキは削られて日ごと女の口楽します

幼き日はおやつでありしコッペ蟹を講釈しつつ夫の捌きぬ

先さきに取り換へ補充する夫に妻の取り替へまだかと問ひぬ

Ⅲ

H16合同歌集より

抗ひて部屋を出ぬ子の戸口には〈GET・OUT〉の標示《プレート》掛かる

次々に稲穂を捉へ籾となす秋の助つ人はコンバインさま

病院は美容院とは違ふのよ言葉ぢやなくて心が欲しい

大阪は自由と挫折を知りし街環状線にて思ひ出さがし

時雨降る休日なれば一月《ひとつき》の荷物下ろしに散髪へ行きぬ

地獄落ちの体験料は三千円君とならする〈バンジー・ジャンプ〉

軋む床とヘップ・バーンと桟敷席わが青春の映画館消ゆ

性格の不一致なんてあるだらうか苺とミルクも混ぜればピンク

うち続く春の疾風にご先祖の残しし埃は座敷に降りぬ

マイクなる女教師のハイ・トーン梅雨の晴れ間の水泳指導

ハンモックに身を任せれば木漏れ日をぬひつつ泳ぐ緋鯉となれり

母さんの出番が来ました宿題は台所で聞く掛算の九九

ランドセルに遊ぶ約束詰め込みて吾子戻るらしただいまの声

村の子の七人寄りて体操すせめてラジオのボリュウムあげよ

耐へてゐる女の役は不向きですと舞台降りたきヒロイン我は

幸せを形にすればかうですとモデル・ハウスは答を示せり

居酒屋に歳不釣合ひな二人連れ狡い男と夫の囁く

木蓮は白き灯点し夕暮れに村の外れに春出迎へむ

「も」と「しか」と文字は違へど市長選の八千票の負け差を問はむ

習ひたての平仮名踊る葉書なり一年生の夏真つ盛り

山峡の紅葉かき分けバス来たり山の冷気と落葉を乗せて

パソコンに〈ラ抜き言葉〉と指摘され「ハイハイハイ」と打ち返しをり

シクラメンはてんでに伸びて花咲きぬ躾忘れし我を笑ひて

箱入りの雛人形に虫つきぬ野放しの娘には椿象もつかず

役終へし雛人形に持たせやる一年分の防虫剤を

乗客を一人拾ひてバス発ちぬ並木の白き花を揺らせて

Ⅳ

キャベツ玉

霙降る青空市のキャベツ玉春をふんはり巻き込みてゐむ

川土手の喇叭水仙の茎伸びず蕾のつきて土筆と並びぬ

浅春に聞く鶯の初鳴きに応へてやらむホーホケキョウと

耕耘機につかず離れず山雀は時に舞ひ降り黒土つつきぬ

国交の疎遠となりし大陸より春の便りの黄砂届きぬ

豪州の少女

航空便《エアメール》は漢字ひらがな取りまぜてオーストラリアの少女からなり

航空便《エアメール》は倒置法にて書かれゐて英語文的日本語文なり

春からのホスト・ペアレンツに夫ははや肩に力の入りて待ちゐる

長期なるホスト・マザーにケ・セラ・セラ娘が一人増えるだけよと

毛嫌ひの電子辞書をも繰り出してホスト・ファーザーの役こなす夫

数日で菜食主義者《ベジタリアン》への献立《メニュー》尽き料理の本に知恵を借りたり

吾が持てる記憶袋の綻びて英単語《たんご》の数個こぼれ落ちたり

曖昧さを身につけ暮らす日本人は奥ゆかしくももどかしきかな

自己主張せぬは日本人の美徳とや曖昧なるは同意と見なさる

五月病に留学生も罹るらし「雨が降るから学校へ行かぬ」と

我が子でも知らぬ〈御賜《おた》め〉を留学生《ルーシー》に教へて入れるキャンデー三個

BGM

なかなかに一番鶏の鳴かぬなり主を真似して寝坊したるか

山々に白く見ゆるは山桜わが頭髪も春山となり

先客の食ひ残したる筍を拾つて戻る〈竹取の翁〉

姿見えぬ雉と鶯の競演をＢＧＭに日なか蕗摘む

何処からか蕗炊く匂ひの流れきぬ田植終へたる雨の一日に

早苗田と麦畑分け進み行く高速道路は近江に入りぬ

夕立にうちしだかれし合歓の花は薄紅色の睫毛濡らしぬ

夫婦してコレステロール値やや高し似たもの同士と言はれたくない

掌の中にジグゾーパズルの二小片《ツーピース》使へずにあり完成は何時

中干し

「釣れますか」決まり文句で近づきて魚籠覗き込む釣り人のあり

路地裏に地図広げゐる僧のゐて青き頭に汗の玉見ゆ

棚経の僧に団扇で風送るは幼き頃の吾が役目なりき

電話口の「殺した」「死んだ」を小耳にし夫訝りぬ乳酸菌《ヨーグルト》のこと

一首をも創れぬままに卓上に羽蟻五匹を潰し並べぬ

遠近《をちこち》に人影揺れて草刈り機の音重なりぬ〈中干し〉の頃

ペンだこ

収穫は授粉後三十五日とふ思ふに任せぬ西瓜と出産

穫り頃を視診・触診・聴診にて調べてみれども外れの西瓜

八月の月と太陽を天秤に吊り下げかねて一日暮れゆく

メル友はたちまち進化し恋人に少女の夏は加速度を増す

若いとふ甘き言葉に油断すな未来あるぶん危険《リスク》も高し

ペンだこを知らぬ少女は滑らかに指すべらせてパソコン使ふ

娘等の後追ふやうに行く道に親役不要のシグナルの見ゆ

隣り家の梅の古木も借景に狭庭改修すすみてゆきぬ

使はれぬ客間に残れる畳の香消ゆるまでには吉報あれよ

掘り出し物

散り敷ける公孫樹巻き上げ車去る洋画に見たつけ　ここは横浜

自転車で鎌倉めぐる三時間道案内《ナビ》はなけれど第六感で

秋の陽にさしかけられる傘もなく露座の大仏伏し目がちにて

放置したるままの畑に孫芋の育ちてをりぬ掘り出し物よ

川岸に数本咲ける秋桜は去年の台風の落とし物らし

ヤス研ぎて夫は川面をひと眺めそろそろ鮭の上る頃らし

風は秋

虐待と云ふか云はぬか毬として猫を蹴りたる山寺の和尚

娘との二人の旅はもうあるまい　傍の寝息を鼓室に留む

鳴くことを忘れてしまひしこふのとりはクラッタリングで睦言交はせり

人工の巣に収りてこふのとりになりゐし気分さあ羽ばたかむ

十三対五対七は夫と母と我のたひらげし皿蕎麦の数

川沿ひの柳くすぐる風は秋　外湯めぐりの火照りを覚ます

飛蚊症

来年は暦に運勢低迷とふ飛躍の夫に便乗しよつと

改修の庭よりいでし大石は力自慢の舅の仕業

習ひたる「腹背背腹」を唱へつつ危ふき手つきで鯖を捌きぬ

チラチラと眼前よぎる音の無き蚊との戦ひ飛蚊症とふ

飛蚊症は白髪になるのと同じ事と医師の説明《はなし》は明快なりき

苗木なる北山杉は積む雪に身震ひ一つ姿勢正しぬ

骨折の応急手当と似たるかな雪折れの松に副木固定す

障子越しに揺るる南天見える席はいつのまにやら夫の定位置

馴れ馴れしき話し方にてそれと知る電話に聞ける外交販売員《セールスマン》の

「奥様はおいでですか」と問ふ電話に「をばさんならば一人ゐますよ」

玄関に父の革靴置かれゐて独り居の母の智恵と知りたり

訪ふたび惚けてないかと問ふ母に「ただくどいだけ」私も同じ

門番

リモコンにテレビは瞬時に切り替はり水泳スケート春の茶の間に

郵便屋のバイクの音の通り過ぐ春の便りの未だ届かず

一夜さに弥生けちらす疾風と卯月を起こす雷渡り行く

春疾風をしつかと抱きとめ木蓮は門番となり村口に立つ

窓枠に白木蓮と紅梅はカメラ目線で収りて見ゆ

万両となれ

すぐ消ゆると思へば四月に舞ふ雪も春の彩り花と競へよ

水際まで無数の口の押し寄せる鯉の餓鬼道覗いてしまひぬ

若者の新生活は百円均一《ひゃっきん》店にて茶碗お箸を選ぶことから

床の間の千両ふた月生きやかにて捨てずにおくゆゑ万両となれ

寒風に切り干し大根ひらひらと紙細工のごと軒下飾る

陽炎のたつ高速道路の左手に白き伊吹の山どつかりと

一年ぶり雛の目隠し取りやれば眩しかるらむ目を細めをり

いつまでも若さ保てる秘訣とは「休眠すること」と雛の申さる

朝凪の湾の煌めき切り分けて漁船の航跡〈漁連〉の岸へ

軽鴨の親子のやうに親船の航跡たどる二隻の小船

働き者

朝駆けに豌豆採りに猿来たり村一番の働き者よ

空豆は綿に包まれ育ちゆく私はあなたを過保護にしない

「間引く」とは口にだすさへおぞましき間引き菜なれば緑優しく

連作を嫌ふ作物あまたありて俄か百姓は図面作らな

花材には〈蕗の姑〉を料理には〈蕗のたう〉摘み春を遊べり

ツンツンと尖れる早苗の届きをり水かけやりて緑ふくらむ

百箱の早苗届きて庭先の草木の緑くすみて見ゆる

箱苗を撫づる指先は覚えてゐるや赤子に触れし初めての日を

姫辛夷の巻葉つぎつぎほぐれゆきぬ梅雨の晴れ間の陽ざし真上に

日焼けの腕

読めるけれど書けぬ漢字の多くなりパソコンゆゑと責任転嫁す

教職退き杵柄置いてきたるらし夫は漢字を思ひ出せない

優男も五年経たれば一端の百姓らしく日焼けの腕持つ

雨よけのシートを掛けて添へ木して過保護なるかなトマト娘達

裏庭に自在に伸びる菊束ね真直ぐに正すは夫の性分

自転車を漕ぐ

女医さんは「私もですが」と苦笑《わら》ひつつ肥満度示し注意促す

弔ひの二つ続きて喪の服の乾く間もなし秋の風吹け

逮夜毎に親しみ増せる御詠歌は旅の心を誘ひてやまず

夕陽浴び自転車を漕ぐ我が影を追ひ越しし影は若しと思ふ

田圃道を蛇も蛙もけ散らしてそこのけそこのけ自転車の行く

話し中

有名な議員招きて市長選は告示前なり顔なき候補者

「美しき」の冠かぶせる言の葉を疑ひてみる習性寂し

見晴るかす若狭の海は原子力発電所《げんぱつ》と漁村を包み境のあらず

茂る葉に隠れし蕾みいつけた十月に咲く西王母なり

金魚ねらふ鷺の居着きて金網柵越しに用水池へ嘴さし込む

日課なる母への電話つながらず話し中ならそれはまた好し

眠れぬ夜は便所《トイレ》に起きて冷菓《アイス》食べ お経を読むとふ独り居の母

決め込みし寿命八十三歳を越えたる母の弁舌確か

軍艦マーチ

肩書きのはづれし身となり三年過ぎ何を背負ふや肩凝り覚ゆ

自らを証明するもの持たざれば原野に生ふる野草の一本

自衛隊の演奏会に独奏者《ソリスト》は階級添へて紹介さるる

フルートは若き女性の自衛官独奏終へて媚びのなき笑み

アンコールに『軍艦マーチ』の奏でらる子供の頃のパチンコ屋の曲

演奏の『軍艦マーチ』に手拍子湧くここは舞鶴引き揚げの地ぞ

次女の婚

届きたる画像メールの薬指に嵌りし指輪に言づて聞きぬ

順番を唱へし祖母もつひに折れ次女の婚約まづは調ふ

昔から出足の遅き長女なり就職結婚次女に越されぬ

嫁入りに布団も箪笥もいらぬとぞ古き頭の取り替へきかず

相続の件はさておき早々に嫁ぐがよろし三人姉妹よ

人影も見えぬ川土手雪の道ふたりの足跡ならびつけゆく

相手しか目に入らぬまま嫁ぐがよし愚かなるかな幸せ者よ

珈琲とミルクが茶碗《カップ》に触れあひてほど良く溶けあひ睦まじくあれ

今更に伝へるべきもの持たざれば後ろ姿の父を見るべし

人様に差し出す前の手直しは今さら遅き自作の娘

目を瞑る

娘の名を「みつちやん」と呼ぶ男《ひと》のゐて一歩退《の》きゐし母であります

生きのよい魚のやうな男らに囲まれ記念写真にをさまる

紫陽花のドライフラワー残されて生花の色のまならうらに満つ

写真にはその日限りのシンデレラになりきつてゐる娘の笑顔

現実を直視せぬ性の顕はれぬ写真の中に目瞑る吾は

新婚の娘への電話控へをり携帯メールを早く覚えな

新婚の娘に送る豌豆に調理法《レシピ》も添へぬまめで暮らせよ

V

中陰過ぐ

真夜中の街路に自慢の一節を響かす酔ひどれいまどき見かけず

線香の匂ひ染みゐる喪の服に菊の香通して中陰の過ぐ

見えぬもの見たさに首を伸べたれど亀にも負けぬ首の短さ

担任は記念撮影の前日に「化粧は薄く」と生徒に注意す

並びゐる集合写真の女生徒は皆同じに見え吾子もその中

市場では規格外なる野菜でも自家産なれば個性もいとほし

唐辛子の村に伝はる調理法習ひて少し田舎人めく

大物と呼ばるる人は規格外　凡人我ははみ出ず生くる

群れとなりはみ出ぬ事で身を守る人間もまた動物なりき

助手席

コンビニと大型書店の鼻先に家を守りて母独りすむ

国会の「記憶にない」はさまざまな便利使ひに罷り通りぬ

助手席に免許のなきが運転をしてゐるつもりにカーブ廻りぬ

助手席に車道案内役《カーナビ》の三十年勘鈍りても下取りきかず

〈茅葺きの里〉の遠くの人影は里に入れば観光客のみ

縋りつつ〈かづら橋〉ゆく人幾多つるの手摺は秋陽に照りて

稲田に焚火の煙たれ込めて讃岐平野の暮れゆかむとす

二次会は流れに乗りてスナックへオンザロックはすぐ取り替へられて

午後十時にシンデレラのごとスナックの階段かけ降り主婦に戻りぬ

希望の灯

クリスマスソングに乗りて店内をスキップしてゐる幼子二人

胴体と口を縛りて笑はぬやう白菜仕付け冬構へせむ

息合はぬ娘夫婦の餅つきの片方《かたへ》に夫は火の番となり

臼取りの上手であれば杵も立つコツ覚えし頃餅つき終りぬ

去年《こぞ》今年へ移れる儀式や港町の闇に汽笛の長く尾を引く

年々に届く賀状に名無しあり裏書白紙も今朝の話題に

受験中の子を待つ間に短歌読む親などゐないと子供に云はるる

寒風に木蓮・紅梅花芽さしぬ受験の吾子の葉芽はいまだ

去年《こぞ》の秋に貰ひて植ゑし蠟梅に蕾三つ四つ希望の灯《あかり》

レシピ

児童等はサンタクロースを信ずれど鬼には直ちに「ありえなーい」とふ

学校は〈昭和の献立〉麦飯に沢庵付きて「おかずは」と子は

孫に請はれ大根漬けを教へゐるばあちやんの声寒に透りぬ

ばあちやんの大根漬けに調理法《レシピ》なし糠塩加減も自由自在に

ヨーグルトにマーマレードを添へて出す期間限定の朝の食卓

窓を打つ雪を横目に煮詰めゆくマーマレードの色の温とし

雪道は摺り足小股とラジオ告ぐ雪のなくても年寄り歩き

高層の窓辺に吾を遊ばせて夫は内側に佇みてをり

「あとすこしもうすこし」とふ楽句《フレーズ》に心を寄する人多くして

幸便待つ

三年間吾子の使ひし弁当箱戸棚にしまふ二月尽日

教科書をまとめて塵《ごみ》に出す人よ知識は頭に入力ずみや

ぐづぐづと日をやり過ごし待つ知らせ雛飾りの時機逃してしまひぬ

息潜め速達便を待つ午後に届くは葉書か大型封書か

肥後椿の花から花へ渡り行く恋盗人の鵯《ひよどり》一羽

庭先の紅き椿に鵯《ひよ》のきて最後の一輪つつき散らしぬ

蕗の薹の天麩羅食めば鈍りゐし五感ゆつくり立ち上がりけり

女の子のごつこ遊びはお姫様言葉使ひもなりきつてをり

婿からの「離れ住んでも息子です」の言葉包みて土産としたり

高速道の先に落ち行く太陽を受け止めむとて車走らす

雉の声

湧水に育てられたる座禅草仏焔苞にて寒凌ぎしや

跪きて祈りを誘ふ座禅草雪の沼地に御座しますれば

裏山より幾度も聞こゆる雉の声主の姿を見たることなし

満開の桜の町に子を残し戻れる里の花は五分咲き

帰還できず逝きたる人への想ひ籠もる牡丹桜の肩に重たし

公園の坂道に咲く八重桜まとはりつくかに花吹雪かせて

村口の白木蓮の盛り過ぐ目線を逸らし通り過ぎたり

転入の女教師の肌艶に年齢計る五年《ごねん》生の腕白

幾度となくメールをよこす暇あれば一回でもよい声を聞かせよ

里の風景

桜花散り敷く道を車に過ぐ西方浄土は歩いて往くべし

花散るを合図となすや湾内の鴨いつときに姿を消しぬ

昼下がりの里に啼きゐる山鳩のくぐもる声を子守歌に聞く

蕗を摘む夫婦も里の風景と見なすや鶯頭上に啼けり

〈おしん〉とふ名付けられたる種蒔かれ如何なる野菜に育ちてゆくや

チャッチャッチャッチャと律動《リズム》刻みて田植機は緑の線条田に描きゆく

朝刊のパズル解きゐし子に代はり穴埋めゆく土曜日の午後

メールする指の一つで蜘蛛の糸張り巡らせる人間関係

迷はずに苺ケーキを頼みしが相手のパフェも少し気になる

芍　薬

校門を出るや水筒の茶を飲みて始まる道草　一年坊主

下校時の賑はひ消えし通学路をゆるりと猫の横切りてゆく

芍薬の珠秘やかに意志持ちて満を持するや綻びはじむ

芍薬で花占ひをしてみても「行方も知らぬ恋の道かな」

旧友の十人集へば十通りの物語《ストーリー》あり　四十年間の

一輛の電車は一時停車して景勝の地の案内放送《アナウンス》流す

末の子の去りて二ヶ月少しづつボデーブローの夫に効きゐる

分刻みで村を出て行く車の音八時過ぎれば老人の村

桑の実

娘《こ》の住める浜松在の植木屋としばし語らふ　夫の寄り道

雑草と共に撫で斬りされたるや柳の若葉が目に入らぬか

夜なべして畑耕す猪に畝も作れと誰か伝へよ

裏庭の茱萸の実赤くなる頃は鳥や子供の足繁く来る

露天風呂の片方《かたへ》に生りゐし桑の実を朝湯に浸かり二つ三つ食ぶ

展示を見る人等に声なく啜り上ぐ音のみ聞こゆ〈無言館〉内

無言館の〈裸婦〉の肉叢逞しや戦没学生の願ひの嵩か

銀行の散らしに気づくボーナスも退職の身には死語となりたり

雑誌に見る夫婦別寝の項目に我が意を得たり夫よ見給へ

一石三鳥

ホテルでの花火見物望みたる母のひと言に親族集へり

来年もと花火見物約すれば「生きてゐたら」と八十四歳《はちじふし》の母

ヒュルヒュルと火玉昇りて一呼吸　金の投網の天に広ごる

宿題の〈観察日記〉想ひ出す今年は日避けに育てる朝顔

苦瓜の〈一石二鳥〉三鳥目の実の成長を胃袋待てり

苦瓜の小花は数多咲きをれど実は選ばれしものとて僅かよ

見慣れたる首飾《ネックレス》り無き娘《こ》の首の長々しくも頭を支ふ

恋の歌《ラブソング》流れる車内《シート》に身を沈め娘の横顔ちらつと見遣りぬ

目覚しに頼れる程の生活にあらねど朝あさ目覚し時計《アラーム》鳴らす

くちなは

葉陰より穫り忘れたる苦瓜の黄色信号ちらと見えたり

黒松の剪定されて男前玄関先にて見得を切りをり

通り雨に杉と辛夷の雨音の違ひもをかし八月尽日

若き医師は患者を前にくちなはの治療検索を先づは始めぬ

若き医師は「マニュアル通りにしました」とくちなは治療の経過を説けり

昔ならくちなは治療も日帰りとふ現代医療の入院七日間《なのか》

くちなはに咬まれし脚の腫れ上がり七日過ぎても巨木のままに

くちなはと出遇ひし畑に足向かずトマト熟るらむ夏草生ふらむ

捕らへたるくちなは見せむと持ち帰る夫は何時から猫になりしか

被爆せしピアノ弾きゐる男の児の朗らに響かす楽曲『運命』

ジュリー

石畳の馬籠街道に佇めば草鞋の音の聞こゆるごとし

紫陽花は末枯れながらも花毬を秋色に変へ庭隅にあり

野分けにも倒れつつ咲く秋桜に見かけによらぬ人を想へり

あの頃の王子様なら沢田研二《ジュリー》でせう今は目瞑り声だけ聞かう

目の前を行き交ふ人の足取りはわが行く末か病廊長し

整理とは捨つると同義と思ひしが思ひ入れ語る母には勝てず

一匹のゴキブリ見つけ騒ぎゐる三十路の女よはよ自立せよ

芋蔓にも商品価値のあるならむ産直市場に一束百円

検診に心雑音を指摘する若き医師あり名前確かめむ

秋の蚊は人恋しさのいよよ増し纏はり付きて払へども寄る

跋

清水　怜一

「あとがき」にもありますように櫻井さんは平成七年に創刊されたばかりの西村尚先生主宰の「飛聲」に入会され、主宰の逝去による同二十六年の解散までの、そして二十七年に「ポトナム」に入会されて現在に至るまでの、通して歌歴は二十六年の長きに及びますが、この第一歌集『もう振り向くな』には平成十六年から二十年までの五年間の作品の中から五二三首が収められています。

最初に歌集の題となった歌を上げます。

退職の願ひを出しての帰り道軽やかにして　もう振り向くな

国立舞鶴病院医療センターを中心に三十四年間を従事してきた助産師を退職されたときの歌ですが、帰路一人になっての解放感が「軽やかに」に、また長い勤めへの決別の思いが「もう振り向くな」に、職を辞する感慨の全てがこの二つの言葉に言い尽くされた歌だと思います。そしてこの一首は、櫻井さんの感傷を排した簡潔かつ率直な表現、気負いや衒いのない的確な自己観察といった特徴がまさに集約されたような歌ではないかと思います。助産師としての職場を歌った歌には次のような歌があります。

五十歳はまだ雛《ひよっこ》か助産婦の講習会に老人力満つ
親となる若き等前に講演す一助産師の置きみやげとして
若きらは思ひで語り涙せり我の忘れし事の数々

そして、ご家族を歌った歌の多いのもこの歌集の大きな特徴だと思います。まず、ご主人を歌われた歌を挙げます。

杵音の違ひに自信匂はせて女系家族に父権復権
二十年間母と妻との愚痴ばかり吸ひこみ夫は肥満となりぬ
花束に囲まれ夫の四月去り泥田に入りて五月始まる
優男も五年経たれば一端の百姓らしく日焼けの腕持つ

いかにも揶揄するかのようなこうした表現はご主人への全幅の信頼があってこそ生まれる歌で、視点のユニークさと共に巧まざるユーモアも櫻井さんの歌に独特のものだと思います。ユーモアをにじませる歌は歌集全体に多く見られますが、これはすでに作者の文体とも言うべく、こうしたユーモアによってこそ対象の本質に時に鋭く迫ることが出来るのではないかと考えます。

焦点を絞って描き出される人物像には生き生きとした立体感があり、お嬢さん達を歌うときには軽妙な詠み口にもおのずからほのぼのとした優しさが伝わってくるものとなっています。

メル友はたちまち進化し恋人に少女の夏は加速度を増す
珈琲とミルクが茶碗《カップ》に触れあひてほど良く溶けあひ睦まじくあれ
幾度となくメールをよこす暇あれば一回でもよい声を聞かせよ

次の二首はお嬢さんを歌いながらご自身の自画像にもなっていて、一首目のようなユーモアはやはり作者一流のものだと思います。

録音の吾の言葉を流すやうに娘三人父を操縦す
文集に「流されない」と書きし子に若き日の吾の重なりてみゆ

そして、ご自身を歌ってその傾向はいっそう際立つものとなります。

髪型を変へてみたれど何事も変はらず変へれず五十路の女
年頭の決意脆くも崩れたり非難せぬこと愚痴言はぬこと

作者の生得のものであると同時に、即時の判断を求められる医療の現場に長く立ち会ってこられたことからくる勁さもが大きいのではないかと思われますが、自身を歌って感傷性やナルシシズムの全くない潔さを感じさせる歌だと思います。そしてご両親やお姑さんを歌った歌です。

惚けても野良着に替へて草刈りをしたるつもりの義母は忙し
連れ合ひの逝きて時計の止まりしか義母は何年経ちても八十歳《はちじふ》
訪ふたび惚けてないかと問ふ母に「ただくどいだけ」私も同じ
日課なる母への電話つながらず話し中ならそれはまた好し

このような歌い方のできるのはご両親達との温かい関係性があってのことだと

思いますが、〈短歌は結句で決まる〉と言われるように、こうした一連の結句はまさに〈文は人なり〉という作者ならではの人柄が見て取れる措辞だという思いがします。

こんなにも間近に見ゆる父ありて今やすやすと顔を拭きやる
義父の時も聞きし豆腐屋の喇叭の音父の病窓に今また届く

以上のような多くのご家族の歌を読むとき、この歌集はご家族に捧げられた歌集としての面をも大きく持つのではないかと思えてくるものがあります。
家業でもある農業の歌もこの歌集のテーマの一つとなっています。

背を撫づる風冷たきに早苗挿す指先に知る田の温かさ
青虫にも迎春準備のあるならむキャベツ一つを残してやりぬ
鎌で割りて西瓜両手にかじりつく野良のいつぷく幼児《をさなご》のやうに
穫り頃を視診・触診・聴診にて調べてみれども外れの西瓜

胴体と口を縛りて笑はぬやう白菜仕付け冬構へせむ

どの歌からも野菜の擬人化といった枠を越えての慈しみが伝わってくるようで、生き物としての野菜を通して大地の匂いといったものに直に触れる思いがします。

夜なべして畑耕す猪に畝も作れと誰か伝へよ

先にも触れたようにこのような軽妙自在なユーモアは技巧で作ることの出来ない独壇場のもので、古典をもじっての卓抜さもさることながら、こうした猪の擬人化も櫻井さんの本質的な優しさからのものではないかと改めて思います。

そして、歌集には社会詠や時事詠もが散りばめられますが、お住まいの地の過疎も大きな問題となっています。

村の子の七人寄りて体操すせめてラジオのボリュウムあげよ
分刻みで村を出て行く車の音八時過ぎれば老人の村

身巡りの社会詠や次に挙げる時事詠も決して声高にではなく日々の生活と同じ目線の高さで歌われることによって、却って危機感が説得力をもって身に迫ってくる思いにさせられます。

夏休みの登校日もなく原爆忌は教育の場から抹殺されゆく
薄暗き平和祈念館を巡る人だれも声なく出口で吐息
見晴るかす若狭の海は原子力発電所《げんぱつ》と漁村を包み境のあらず

一方で、日々の属目に詩情を見いだした静かな味わいのある歌が並びますが、こうした歌にも自ずから作者の優しい感性が感じられるものとなっています。

川岸に雪洞並びて待つさくら暗き流れに灯影を映し
何処からか蕗炊く匂ひの流れきぬ田植終へたる雨の一日に
去年《こぞ》今年へ移れる儀式や港町の闇に汽笛の長く尾を引く
満開の桜の町に子を残し戻れる里の花は五分咲き
花散るを合図となすや湾内の鴨いつときに姿を消しぬ

芍薬の花開ききり間抜け顔あな恥かしや早々に散れ
秋の蚊は人恋しさのいよよ増し纏はり付きて払へども寄る

歌集全体を通して感じますことは、作者は日々の生活を確かなものとするために短歌を真剣にかつ楽しみながら作っておられること、そして同時に、ご家族は言わずもがな、生きとし生けるもの全てを包むこの現し世を何より大事に考え愛しておられるのだということ、の大きく二点に絞られるように思います。これは作者の人間性によるものに違いなく、「詩三百、曰わく思い邪《よこしま》なし」といった古い評言が思わせられるほどに、読んでそれぞれの歌が心に滞るということがなく、素直に胸に染みつつ心から共感させられることによるものだと思います。歌集『もう振り向くな』は、そうした意味からまことに〈歌の力〉に満ちた歌集だと考えます。

「ポトナム」選者発行人

あとがき

この度、過去二十年間の作品のうちから、平成十六年より二十年までの作品を選んで、第一歌集として出版することになりました。

高校時代から短歌に関心はあったのですが、短歌の入り口で足踏みするに留まっていました。

平成七年に地元で立ち上げられたばかりの「飛聲」に入会したのは、友人の誘いからでした。右も左もわからぬままに、市内で開かれる月一回の歌会に参加することとなりました。主宰である西村尚先生のお膝下で、直接指導を受けられることは大きな喜びでした。辛口の歌評のなかにも細やかな気遣いがあり、詠み込んだ思いの機微を掬いとって下さいました。西村先生の目指された〈思索的叙情〉の深化拡充には程遠い稚拙な歌ばかりでしたが、型にはめることなく受けとめてくださいました。

また、先輩である歌友の方々からの助言もいただいて、歌集や月刊短歌雑誌にも目がゆくようになり、辞書もまめに引くようになりました。

平成二十六年末、主宰である西村先生のご逝去により「飛聲」短歌会は解散となりました。指導者を亡くし大海に放り出された状態の中で、こつこつ一人で歌を詠んでゆく自信もなく模索する日々でした。

籠を出し歌を忘れた金糸雀《カナリア》は荒野生きゐる覚悟のありや

このような心境でした。

短歌は続けてゆきたい。歌会に参加して直接指導を受けられることを第一に結社を探し、「ポトナム」にたどりつきました。平成二十七年春のことでした。

福知山での両丹歌会では、清水怜一先生の御指導のもとに和やかな会に参加させていただき、京都歌会では多くの方々の活発な発言に刺激をいただいています。とりわけ、初めての京都歌会で、故安森敏隆先生が初対面の私に親しく声をかけてくださり、その広いお心に触れ感激したことでした。

自分の短歌を本にするなど大それた思いはまったく持ち合わせていませんでしたが、平成二十九年に心臓手術を受けて、命に限りのあることを今更ながらに自覚させられました。今の生活に何も心残りはないけれど、これまで日記のように詠んできた歌だけは、放置しておけないとの思いにいたりました。

本書は作品としては少し古い年代のものですが、詠むことで気持ちを整理している自分がいるように思われ、懐かしさを覚えます。

Ⅲ章は「飛聲」十周年を記念して編まれた合同歌集に収録された私の初期の歌を再掲したものです。初心の頃の歌として留めておきたく、挟みました。

短歌を続けてきて一つ誇れるとしたら毎月の詠草提出を欠かさなかったことです。

結社以外どこへも自ら投稿したことのない私への唯一のご褒美だったのは、平成二十一年「飛聲」全国集会が浜松で開かれた折、私の歌が互選賞一位に選ばれたことです。次女の住む浜松の地でもあり、そこで生まれた初孫の歌でもあり二

重、三重の喜びでした。その時の歌は、

みどりごの脳《なづき》の泉に触れしとき伝はりてくる未来の波動

校正の段階で手直ししたい歌が目につき、気になりだすと際限がなく、立ち止まってしまいましたが、修正しすぎると詠んだ時と感覚が違ってくる恐れもあると考え、歌集の題名のごとく「もう振り向くな」の心境で上梓した次第です。

歌集を纏めるにあたり、清水先生にはご多忙にもかかわらず、細部にわたりご指導いただき跋文まで御無理をお願いし、感謝しております。中西健治先生には入会してまだ日の浅い私の作品を、ポトナム叢書としていれていただき恐縮しております。

また、歌友の皆様の暖かい言葉かけが励みになっております。

これまで短歌を続けてこられたのは夫の理解と協力があってのことです。歌会の時はいつも送り迎えをしてくれ、少々おそくなっても何も言わず待っていてくれます。短歌に関して興味を示さないこともかえってありがたいことです。

娘達からお父さんへの感謝がないといわれていますので、この場を借りて記しておきます。
最後になりましたが、出版にあたって拙著を引き立てて下さいました装幀の上野かおる様、何かと御配慮下さいました青磁社の永田淳様に厚くお礼を申し上げます。

平成三十一年四月

櫻井　八重子

ポトナム叢書第五二六篇

歌集　もう振り向くな

初版発行日　二〇一九年七月二十日

著　者　櫻井八重子
舞鶴市中田町一一（〒六二五－〇一三一）

定　価　二五〇〇円
発行者　永田　淳
発行所　青磁社
京都市北区上賀茂豊田町四〇－一（〒六〇三－八〇四五）
電話　〇七五－七〇五－二八三八
振替　〇〇九四〇－二－一二四二二四
http://www3.osk.3web.ne.jp/~seijisya/
装　幀　上野かおる
印刷・製本　創栄図書印刷

ISBN978-4-86198-428-0 C0092 ¥2500E